ちくま文庫

ないもの、あります

クラフト・エヴィング商會

筑摩書房

店主より御挨拶

よく耳にはするけれど、一度としてその現物を見たことがない。

そういうものが、この世にはあります。

たとえば、〈転ばぬ先の杖〉。

見たことはないけれど、名前から察するに、そうとう「いいもの」であることが想像されます。

あるいは、〈堪忍袋《かんにんぶくろ》の緒《お》〉。

これを、うっかり切ってしまう人が、現代社会では後を絶ちません。

しかし、勢いあまって、つい切ってしまったけれど、またなんとかやりなおしたい。しっかり〈堪忍袋の緒〉を締めなおしたい。でも、新しい〈緒〉は、どこへ行ったら手にはいるのだろう?

このような素朴な疑問とニーズにお応えするべく、わたくしどもクラフト・エヴィング商會は、ここに新しい看板を掲げることに致しました。題して、「ないもの、あります」。

この世のさまざまなる「ないもの」たちを、古今東西より取り寄せまして、読者の皆様のお手元までお届けいたします。まずは、目録を御覧下さい。

目録

装幀・レイアウト＝吉田篤弘・吉田浩美

写真＝坂本真典

ないもの、あります

堪忍袋の緒

かんにんぶくろのお

catalogue no.1

おそらく日本人であれば、誰しもがひとつは持って生まれてきているはずです。

堪忍袋。

そして、その緒。

昔ののんびりとした時代とは違いまして、この頃は、あまりにもこの「袋」に押し込むものが多くなり、たまらず「緒」の切れてしまう事態が多発しているようです。

「もうちょっと大きなサイズの堪忍袋はないのですか？」

当商會にもたびたび、そのような問い合わせがあるのですが、残念ながらこればかりは皆様の持ち合わせているサイズで、一生涯やりくりしてもらうより他ありません。人の体というものは、すべてが「ちょうどよく」出来ているのです。そうそう無闇に変更してはなりません。たぶん、それぞれが生まれ持った「大きさ」で、たいていの場合は、なんとかやっていけるはずなのです。

しかし……。

絶句……。

という悩める貴方のために、このたび、当商會が懇意にしている「とある下町職人」さんと相談の上、遂に完成させましたのが、この〈堪忍袋の緒〉であります。

これさえあれば、今まで見えなかったはずの「緒」の様子が一目瞭然。

しかるべき局面におきまして、「いかん、いかん……」と思いつつも怒りに身が震え出したとき、懐に忍ばせておいたこの「緒」をさっと取り出し、いま現在の「切れ具合」をチェックすればよいのです。

「緒」に異常が認められず、「まだまだいける」状態であれば、ここはやはり無難に「堪忍袋」に収め続ければよいでしょう。しかし「緒」が今にも切れそうになっていましたら……あとは、貴方しだい。

「えいっ!」

と、思いきりよく切ってしまって、人生を棒にふることもあります。

あるいは、貴方の心意気ひとつで、なんとか、つなぎとめることも……。

この小さな「緒」ひとつが、人生の選択のバロメーターになるというわけです。

なお、本品は大変な人気商品ではありますが、前述したとおり「とある下町職人」が、「てやんでい」とつぶやきながら、ひとつひとつ手作りで製作しているものです。ご注文をいただいてからお届けするまでの間に職人の「緒」や「寿命」が切れてしまうこともありますので、その点、なにとぞ堪忍袋の緒を引き締めてお待ちください。

商品番号・第1番

堪忍袋の緒

Kanninbukuro no O

ケンカっ早い方のために「江戸っ子仕様」の「鋼鉄製」も御用意いたしております。なお、ご注文の際には、お客様の「堪忍袋」の最大値を、お客様御本人によって「だいたい、これくらいである」と、提示していただくことになっております。あらかじめ見当をつけておかれることを、お願い申し上げます。

舌鼓《したつづみ》

catalogue no.2

近ごろ、「どうも最近、舌鼓が打てなくなった」「そもそも舌鼓って、どうやって打つんだったか、それすらわからなくなった」という方が増えているようです。若い方の中には「舌鼓ってなんですか？　一度も打ったことがありません」などと、おっしゃる方もいるようで……

これは一体どうしたことでありましょうか？

たしかに言われてみれば、このごろ、イキのいい舌鼓の音が聞かれなくなったように思われます。

しいて言えば、古典落語などを聞いていますと、何やらおいしそうなものを口にする場面で、

「ったーん」

と、見事な舌鼓が披露されることがあります。しかし、これは芸のひとつとして、故意に打っている舌鼓であり、そもそも由緒正しき舌鼓というものは、故意に打ったりしてはいけないものなのです。「さあ、打とう」と思って打った舌鼓は、本当の舌鼓ではありません。舌鼓というのは、「打ち手」の意志とは無関係に、不意をつくようにして打たれて、初めて、

「本物」

と、得心されるものなのです。

となると、問題は私たちの意志とは別のところ、すなわち私たちの「外」にあり、つまりは私たちに舌鼓を「打たせる」側にあるようです。

今や、古典落語の中でのみ舌鼓がよく響くということからも察せられるとおり、舌鼓を「打たせる」ような、おいしい食べ物が、どうも私たちの食生活

の中から失われているのではないでしょうか？　あるいは、このごろの私たちが「おいしい」と思うものが、どうも私たちの生まれもって持ち合わせている「古典的・舌鼓」に響かないということなのでしょう。ナイフとフォークをあやつりながら舌鼓を打つのは、確かに困難なことのような気がします。しかし、かと言って舌鼓を打つためだけに、古典落語的食生活に逆戻りするというのも、ナンセンスでありましょう。

そこで今回、ここに御紹介いたします〈舌鼓〉は、ごらんのとおり「西洋料理対応」の新製品であります。

これまでの、羽織袴《はかま》姿で、肩に乗せた鼓を打つ「純和風」タイプのものを、思いきって「西洋鼓笛隊の少年」仕様にしてみました。これなら、180円のハンバーガーにですら舌鼓を打てるようになるはずです。

……ただし、たまには純和風の食事もいたしませんと、今度は年がら年じゅう、食事のたびに鼓笛隊の少年による舌鼓が打たれ続け、「うるさくてたまらぬ」という事態が生じかねません。くれぐれもバランスのよい食生活を心がけましょう。

商品番号・第2番

舌鼓

Shitatsuzumi

実物は目に見えぬほど微小なものですが、正真正銘、西洋舶来の鼓笛隊少年です。御覧のとおり、鼓が「大太鼓」状なので、従来の〈舌鼓〉とは、いくぶん音の印象が異なって感じられるかもしれません。食事中に、びっくりするほど大きな〈舌鼓〉が打たれ続けたりしても、どうぞ、お気になさらぬように。

左うちわ《ひだりうちわ》

catalogue no.3

当商會の「ないもの、あります」カタログの中で、一番人気の商品がこれです。

というより、カタログに掲載する前から問い合わせが殺到していました。

「なんとしても欲しい」

「一度でいいから、あおいでみたい」

「それさえあれば、他になにもいらない」

老若男女を問わず、もう、大変な人気です。

したがって、大変高価であります。

たかだか一枚のうちわではありますが、驚くほどの値がついています。

あるいは、このうちわ一枚を手に入れるために、財産のすべてを投げうっていただくことになるかもしれません。

それだけに品質は極上。

これ一枚で、遊んで暮らすことができます。

もちろん働く必要などありません。

昼間っから、ぶらぶらしていただいて結構。

ふんぞりかえって結構。

高笑い結構。

朝寝、結構。

朝酒、結構。

朝湯、結構。

毎日が竜宮城状態。

毎日が「いたれりつくせり」です。

ただし、原則的に〈左うちわ〉は、一生ものではありません。

そのあたりのことをしっかりと認識していただくため、本商品を購入された方には『平家物語』の冒頭部分を暗誦していただき、「盛者必衰《じょうしゃひっすい》」の法則を叩き込んでいただくことになっています。

また、本商品はいったん購入されましたら、常時パタパタとあおいでいただくことになっています。あおぐ手をひとたびでも止めてしまいますと、当然ながら〈左うちわ〉の状態を維持できなくなり、ただの遊び人、ごろつき、世捨て人と見なされてしまいます。

もちろん、寝る間もありません。

冬の厳寒時においても、ひたすらあおいでいただきます。

「ああ、左手が疲れた」

と、ぼやいても、簡単に右手に持ち替えることはできません。

うっかりしますと、〈左うちわ〉のつもりが、「左前」になってしまいます。

御注意を。

商品番号・第３番

左うちわ

Hidariuchiwa

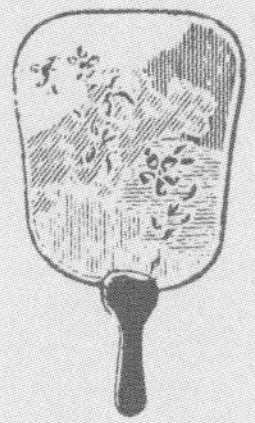

一見、ただのうちわのようですが、正真正銘の〈左うちわ〉です。当然ながら、左手のみの使用が可能です。右手であおぎますと、一切の効果は得られず、ただの「暑苦しい人」になってしまいます。また、左ききの人は、もともとからして〈左うちわ〉なので、残念ながら効果は保証できません。平に御容赦を。

相槌《あいづち》

catalogue no.4

人はみな、その身の内に、いくつかのトンカチを隠し持っております。

たとえば「金槌」。

この重たくて大きなトンカチを持って生まれますと、当然ながら泳ぐことができません。身の内のトンカチが重くて沈んでしまうわけです。

もちろん、努力しだいでは、この巨大トンカチを、どんどん縮小してゆき、小指ほどの「極小トンカチ」にまですることも可能ではあります。

また、子供の頃にはスイスイと泳ぐことが出来た方も、その後ひさしくお風呂以外に身を沈めることなく、都会の乾ききった陸上生活ばかりを送っていますと、いつのまにか「金槌」が肥大してしまい、ひさかたぶりの海やらプールやらで、思わぬ「身の内の大いなる変化」に気付かされることもあります。

この身の内の「金槌」は、肉眼で確認することが出来ませんから、水から遠ざかって日々を送られている方は、一度、近所のプールなどで、お試しになった方が無難であります。

もうひとつ、困ったトンカチと言えば、やはり「うすらトンカチ」でございましょう。

このおそろしく固くて軽いトンカチを、特に頭頂付近に内包しておりますと、まったく柔軟な思考・発想というものを展開することができず、ただひたすらに自己中心的な愚かしさを露呈するばかりとなってしまいます。

もちろん、謙虚な態度と努力しだいでは、この固くて手に負えないトンカチを、思いの他やわらかくすることも可能ではありますが、困ったことにこのトンカチ、所有者本人が気付かないままであることが多く、少々、やっかいな代物となっております。

さて、最後にもうひとトンカチ。

人の隠し持つトンカチの中でもっとも使用頻度《ひんど》が高く、また誰もがひとつは持っているのが〈相槌〉なる代物であります。

前述のふたつのトンカチとは違いまして、このトンカチは「打つ」ことが主な目的でありますから、いたって消耗が激しく、「おろしたてのまっさらなやつに、取り替えてしまいたい」という皆様のご要望に、お応えしての登場となりました。

しかし、このトンカチも、年がら年中打っていればよいというものではありませんし、また、打ちどころを逸してしまいますと、逆に「友情」や「愛情」がこっぴどく打ち砕かれてしまうことがあります。

今回特別に、あらたな気持ちで〈相槌〉を打とうという方のために、マニュアル本『正しい〈相槌〉の打ち方』も御用意いたしました。どうぞ、清く正しく〈相槌〉をお打ち下さるよう、切に願うしだいであります。

商品番号・第4番

相槌

Aizuchi

〈相槌〉を打つのが苦手な方のために大・中・小3種類の〈相槌〉を御用意いたしました。大は「まったくそのとおり」。中は「そうですね」。小は「まぁね」となっております。使用の際は、くれぐれも相手の話をよくよく聞き込み、それに応じた大きさで打ち込んで下さい。なお、音は出ませんので。念のため。

口車《くちぐるま》

catalogue no.5

さて、この頁は、悪党の皆様への特別限定仕様。悪を極めたい方には、絶対的必需品の登場であります。

それはまぁ、たしかに悪事にはさまざまな必携《ひっけい》の品がありましょう。しかし、何事も「まず、最初に言葉ありき」ではないでしょうか？

口達者でなければ悪党になどなれません。

特に「小悪党」の皆々様は、口が命であります。

「口だけ」と言ってもよいくらい。

口で人をそそのかし、口で人を怯えさせ、口で人をたぶらかす。

そもそも無口な小悪党など何の魅力もありません。たとえ、人前では無口であったとしても、「したごころ」という名の心の内では、おそるべき饒舌《じょうぜつ》をもって、悪事の企みを練り上げなければなりません。

無駄とも思えるほどに。

愚かしいほどに。

相手に見え透いてしまうほどに。

次から次へとぺらぺら口を動かし、舌がもつれてしまうまで「うまいこと」言わなければなりません。コツは決して巧みにならないこと。あまりに巧みになり過ぎますと、ついうっかり「芸術」になってしまうことがあります。くれぐれも気をつけなければなりません。

ところで、本品〈口車〉の要である車輪部分は、舌先の三寸でころがすよう仕上げてあります。

すなわち——

どれほど舌先三寸がまわるか？

どれほど次から次へと「あることないこと」を出まかせられるか？

――本品の本領は、この技術の習得に大きくかかわってまいります。日ごろから、ちょっとしたことで、いい気になってみたり、「思ってもみないこと」を口にしたりして修業を積み重ねることが大切です。舌先の三寸が強化されるほどに、〈口車〉は、くるくると達者にまわります。

「でも、それって、どういう車なんですか？」

「どんな形をしているんですか？」

「体重が重くても乗れるんですか？」

「どこへ行けば乗れるんですか？」

ときどき、このような質問をいただくことがあります。

喝！

こんな質問をしているようでは、まだまだ悪党としての修業が足りません。

いいですか？

〈口車〉は「乗る」ものではなく、「乗せる」ものなのであります。

商品番号・第5番

口車

Kuchiguruma

本商品は、あくまでも「小悪党」および「小悪党」願望者に向けての特別限定商品であります。したがって、良識ある健全な市民の皆様には販売いたしておりません。すみません。なお、こんなものでは物足りないという「大悪党」の皆様には、強力な姉妹品〈口封じ〉を御用意いたしております。お試しあれ。

先輩風《せんぱいかぜ》

catalogue no.6

〈先輩風〉？

そんなものとは無縁だよ、などと思っていらっしゃる貴方。

驚いてはいけません。

じつは、人は誰でも「先輩」になるのです。この世に生まれてしまった以上、すべての人は「先輩」になる運命なのです。

学校の、

会社の、

そして、人生の。

自分の意志とは無関係に、かならず貴方はなんらかの「先輩」になります。

いや、きっともう、なっているはずです。

貴方のうしろには、数限りない後輩たちが列をなしています。そして、貴方の背中をしっかり見据えている後輩がいるかもしれません。

「先輩」

と、背中に声がかかるかもしれません。

貴方は振り向きます。

振り向いて、何かひとことふたこと後輩に言葉を返さなければなりません。

そこで戸惑ったりしてはダメです。なにしろ貴方は「先輩」なのですから。

「おう」

とか、なんとか言わなければなりません。貴方が男性であったなら、ここはもう「おう」で決まりです。間違っても「はい」なんて言ってはダメです。

「おう、どうした?」

そう言って、黙ってうなずき、後輩の目をしっかり見据えます。それとなく余裕も見せなくてはなりません。そうして、一瞬の隙をつき、ポケットからおもむろに本商品〈先輩風〉を取り出すのです。

取り出したら、素早く、

「しゅっ」

と、吹かせます。

もちろん「風」を送り込んでいることを、後輩に気付かれぬよう、わざとらしくなく、しかし着実に「しゅっ」とやります。

「しゅっ」とやりながら、「俺はさ」などと言ってみましょう。

さりげなく「まったく、そうだよな」とか、「しょうがねぇなぁ」なんて言ってみたりしましょう。

そして、すかさず「しゅっ」です。

豪快に笑うことも忘れずに。思いきり「わははは」と笑いましょう。

ただし、あんまりいい気にならぬよう。たしかに人は誰もが「先輩」ではありますが、同じように、人は誰もが「後輩」でもあるからです。

商品番号・第６番

先輩風

Senpaikaze

決して香水ではありません。基本的に本商品は無色透明・無味無臭ではありますが、使用法を一歩誤りますと、すべての後輩にけむたがれてしまいます。吹かせ方ひとつで人生を棒に振ることさえあるのです。なるべく謙虚にを心がけ、しかし「ここ一番」という場面で「しゅっ」とやるのが効果的といえます。

地獄耳《じごくみみ》

catalogue no.7

世の中には、じつにさまざまな人がいらっしゃいます。

「……いったい自分はどう思われているのだろう？　はたして自分は、みんなに愛されているんだろうか？　それとも憎まれているんだろうか？」

このような、きわめて個人的な疑問が、

「もう、とにかく気になっちゃって、気になっちゃって、しょうがない」

という人がいらっしゃいます。

「ホントは世界中すべての人に訊いてまわりたいくらいだけど、そんなことはできないし……」

それはそうです。

「とりあえず、仕事の同僚とか、上司とか、友達、恋人、家族……自分のまわりにいる人たちが、自分のことをどう思っているのか、本当の本当の本当のことが知りたい……」

などと思いつめたあまり、ついには「自分がどう思われているのか調査」に乗り出す始末。

友達の友達や、ちょっとした知り合いなどを駆使し、刑事紛いの「聞き込み」による情報収集を開始。さらには盗聴、それでもだめなら探偵まで雇い、挙句の果てには念力にまで手を出し、透視からテレポーテーションに至るまで、あらゆることに挑戦。

しかし、それでも本当のことは、やっぱり分かりません。

ああ、いったいどうしたら……

――という悩める方のために、今回、当商會が御用意いたしましたのが、

〈地獄耳〉なる逸品であります。

本商品、一見すると、ただの「耳栓」にしか見えません。そればかりか使用方法も「耳栓」とまったく同様。スポンジで出来た小さな円筒状のものを両耳の穴に、はめこんでいただくだけです。

ただし、あとは、ひたすら無心になること。何も聞かないこと。聞こうとしないこと。「知ったこっちゃないよ」などと口ずさんでいただければ、なおよろしい。

さすれば、不思議なくらい自分が見えてまいります。

そして、驚くなかれ自分をめぐるさまざまな声も聞こえてまいります。

もちろん、そこには「愛」もあれば「憎」もあり、耐えられないほどの辛い評価が聞こえてくることもしばしばあります。

それに、しっかりと耳を傾けること。

すなわち、すべてを聞き入れること。

これを称して、すなわち〈地獄耳〉というのであります。

商品番号・第7番

地獄耳

Jigokumimi

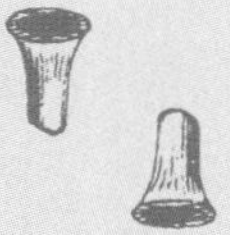

本品は耳栓ではありませんが、「ただの耳栓」としてもお使いいただけます。要は「心構え」です。「心構え」ひとつで、すべてが聞こえてきます。ただし、聞こえてきた他人の「声」に、どのような「心構え」が秘められているのかまでは分かりません。「声」と「心」は、別ものであること多しです。御注意あれ。

一本槍《いっぽんやり》

catalogue no.8

人は大人になるにしたがって、じつにさまざまな「矛盾《むじゅん》」を抱えることになります。子供が純粋でいられるのは、抱えている「矛盾」の数が、まだまだ少ないからです。

「矛盾」は、外からやってくるものではなく、自分の内側から芽生えてくるものなので、世界を知れば知るほど自分が更新され、それに従って、どんどん新しい「矛盾」が芽生えてきます。

芽生え始めたころは、まだ不慣れですから、「矛盾」が苦しくてたまりません。自分にイライラし、それを他人のせいにしたくなります。これが高じてゆくと、遂には、世界のすべてを敵にまわすことになってしまいます。

「けっ」

などと、吐き捨てるように言ったりして、世界と戦うための策を講じたりします。

困ったことです。

しかし、うまく出来たことに、人は人を好きになるよう仕組まれているようで、世界を敵にまわすための作戦を練っていたはずなのに、ついうっかり恋に落ちたり、先輩にあこがれたり、他人に愛されたりしてしまいます。そして驚くべきことに、この「愛」なるものは「矛盾」を超えてしまうことがあるのです。

いったん「愛」を知ってしまうと、人はあっという間に「矛盾」を「寛容」にすり替える術を覚えます。「矛盾」は「人が豊かになった証拠だ」などと得心するのです。

しかし、これは一般論です。どうしても「矛盾」と仲良くなれず、その「矛《ほこ》」と「盾《たて》」の、どちらをもいっぺんに貫くものを手に入れたいと思う人もいらっしゃるようです。

愛したり愛されたりしたいし、世界を敵にまわす勇気もない。しかし、この「矛盾」というやつを、どうしても認めたくない。

――長い前説でしたが、かようなる贅沢を味わいたい方のために御用意いたしましたのが、この〈一本槍〉であります。

槍です。

凶器です。

人を傷つける恐れがあります。

そればかりか、自分の心をも狭くしてしまう恐れがあります。

「それでもいい。矛盾は嫌い。かたくなに頑固一徹を通したい」

その思いこみ……いえ、心意気は貴重です。

この〈一本槍〉で、ああでもないこうでもないと言っている自分を、ズブリとばかりにやってしまいましょう。

商品番号・第8番

一本槍

Ipponyari

本商品はあくまでも「自己防衛」のための「おまもり」のようなものです。本当に自分を「ずぶり」とやってしまわないようくれぐれも注意してください。命を落とすことがあります。なにしろ、命を落としてしまったら、元も子もありません。当然ながら、他人の「矛盾」や「命」も貫いたりしないよう。

自分を上げる棚

じぶんをあげるたな

catalogue no.9

さて、私たちは、実にしばしば、自分のことを棚に上げてしまうものです。

時には自ら、

「自分のことを棚に上げて言うのもなんだけど……」

などと、断わっておいてから、言いたい放題、好き勝手なことを申し述べたりします。

しかし、この「自分を上げておく」ための棚が、いったいどのような大きさで、どのような形をしているのか御存じでない方が、じつに多い！

これはいけません。

ある程度の大人になりましたら、御自分の棚の規模を把握しておきませんと、調子に乗って、どんどん自分を上げてしまい、収拾がつかなくなることがあるのです。

なにより、棚は、貴方が想像しているほど大きくはありません。のみならず、そんなにも次から次へと自分を棚に上げてしまったら、棚に上げている方の自分が、どんどん減少してゆき、最後には、自分のすべてが棚に上がってしまって、棚の下には何も残らなくなってしまいます。

そして、もう二度と下界に降りることが出来なくなってしまうのです。

そうなったら最後。当然ながら、好き勝手なことを言うことも出来なくなり、なんのために自分を棚に上げたのかと、途方に暮れてしまうだけです。

そこで、当商會が御用意いたしましたのが、棚の予備、すなわちスペアであります。「もうひとつの棚」「二段目の棚」……どのように呼んでいただいても結構。

ただし、これはあくまでも予備であり、貴方が生まれつきお持ちになっている棚とは、基本性能が大きく異なっています。

たとえば、本来〈自分を上げる棚〉は、目に見えないものでありますが、この予備の棚は、誰の目にもはっきりと確認できるものです。使用を余儀なくされ、自分を上げますと、棚も、そして上がった自分も、すべてが丸見えになってしまい、

「あっ、この人、自分のことを棚に上げてる」

と、あっさり見破られてしまいます。

そこで、この予備棚は、頭上のはるか彼方、誰にも確認できぬほど空高く設置していただくことになります。貴方にも見えないほど空高くです。あとはもう、じゃんじゃん自分を上げちゃって下さい。なにしろ、誰にも見えないのですから。

ただし、日頃から、なるべくスマートな体型を心がけてください。あまりに御自分が重くなりますと、自分を上げることが、異常な重労働となりますので……。

商品番号・第９番

自分を上げる棚

Jibun o Ageru Tana

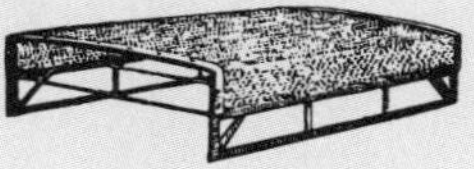

サイズは、大・中・小と用意していますが、本品は、あくまでも「予備」です。購入される前に、現在お持ちになっている、生まれもっての「棚」の大きさや、材質、使用頻度、使用年数、さらには使用理由などを、よくよく確認して下さい。場合によっては、貴方の反省しだいで、不必要になるかもしれません。

針千本《はりせんぼん》

catalogue no.10

説明するまでもなく、〈針千本〉とは、「指きりげんまん、嘘ついたら針千本飲ます」で有名な、あの〈針千本〉です。

思えば、誰もが子供の頃に、「針千本、のーます」などと、簡単に口にしたり、耳にしたりしたものですが、よく考えてみますと、この刑罰、実に恐ろしいものではないでしょうか。

なにしろ〈針千本〉です。

この約束を迫る人は、もしも貴方が嘘をついた場合は、針を「千本」——十本や百本では許されず、きっちり千本——飲んでいただきましょう、と要求しているわけです。

にもかかわらず、要求された人は、たいてい、

「いいとも」

などと、あっさり了解し、「指きりげんまん……」と、楽しげに約束を交してしまうのです。

そもそも、私たちは、実際に針が千本ずらりと並んでいる光景を目にすることは、まずありません。それゆえ、針を千本も飲むことが、いかに恐ろしいことであるかを、リアルに感じることができないのです。

そこで、当商會は、皆様に〈針千本〉なるものが、いかなるものであるか、よくよく知っていただこうと思いたち、今回、本物の針を、きっかり千本、お届けすることを決した次第なのです。

次頁にご覧いただくのが、その全貌。

これぞ、正真正銘の〈針千本〉です。

ただし、これは原寸の20分の1。現物は、この20倍の大きさであります。

これを所持していれば、非常に重要な「指きりげんまん」の際、「針千本、のーます。指きった」と、約束が交されたあと、おもむろに本品を取り出し、相手に確認してもらえば良いのです。

「これが、その針千本である」と。

こうなると、そう簡単には、嘘などつけなくなるというものです。

……しかしそれにしても、人はなぜ嘘をついてしまうのでしょう？

もし、いまここに、

「私は真実のみをまっとうする者ゆえ、これまで一度として嘘などついたことはない。どうか信じて下され」

と、宣言する人物が現われたとして、はたして、この人物を本当に信用してよいものでしょうか？

哀しいかな、人というものは、やはり、多かれ少なかれ嘘をついたりつかれたりし、それでもまた指きりをしながら生きてゆく生き物なのでしょう。

やれやれ。

商品番号・第10番

針千本

Harisenbon

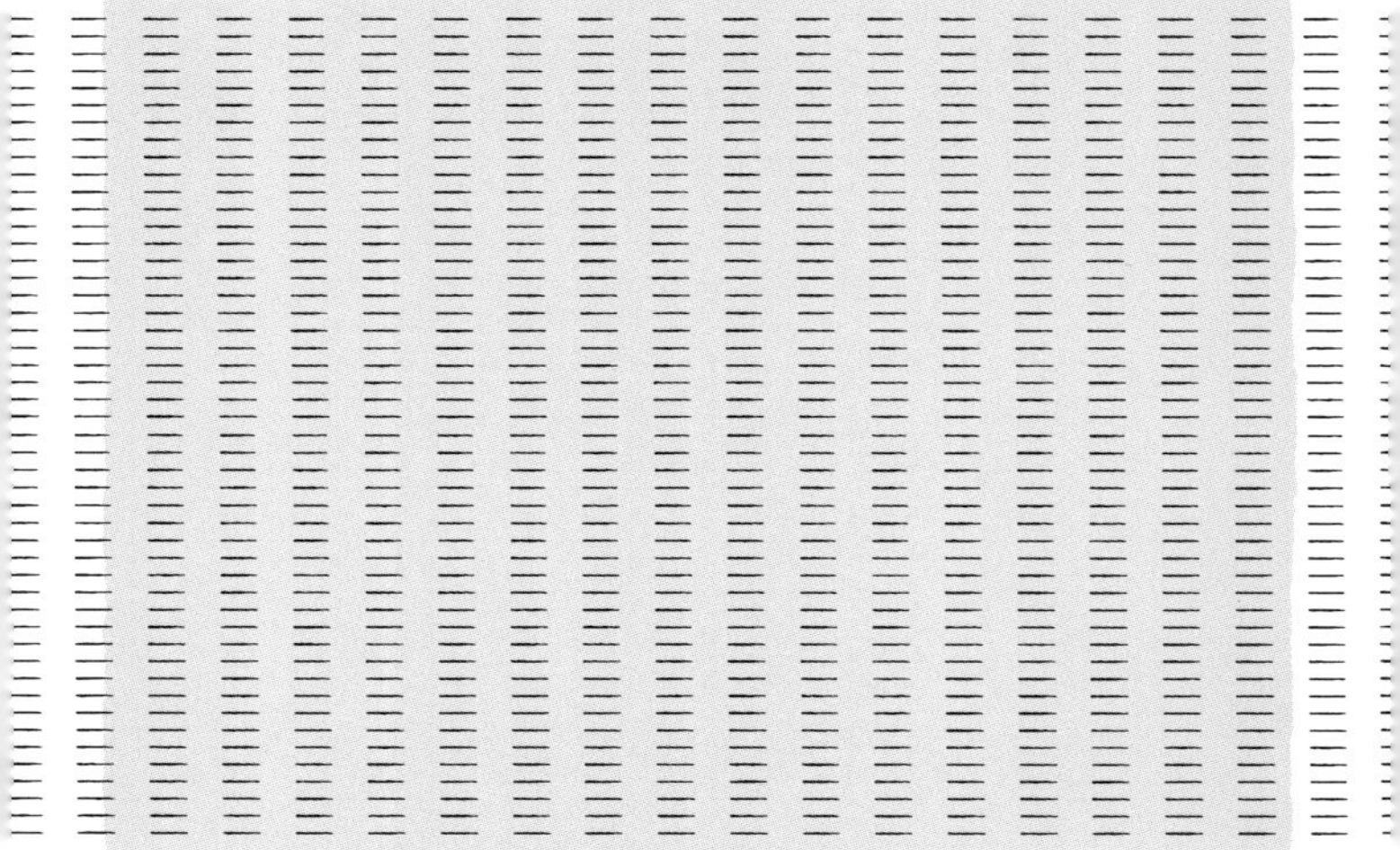

本品は、実際に「嘘をついてしまった人」に針を千本飲ますことを目的として企図されたものではありません。「もしも嘘をついたら、これだけ飲んでいただくことになりますよ」という正確な確認のために使用されるものであります。ゆえに、まずなにより使用者御自身が、よくよく御確認の上、御利用下さい。

思う壺《おもうつぼ》

catalogue no.11

さて、どうしてなのか、この〈思う壺〉なるもの、なかなか「自分のもの」にすることが出来ません。

「相手の思う壺」

「敵の思う壺」

「向こうの思う壺」……

どうも「相手」が所有しているイメージの方がポピュラーで、しかも、こちらはただ、それに「はまってしまう」というのが、自然な流れのようです。

どうにも面白くありません。

なぜ、「自分の思う壺」というものが、いまひとつ、ポピュラリティーを得られないのでしょう？

だいたい、考えてみれば、「相手」もただの人間なわけです。

となれば、「相手」にだって「自分」というものがあるわけで、こちらから見れば「相手の思う壺」ですが、「相手」にとっては「自分の思う壺」になっているはずなのです。

しかし、この「壺」が、なかなか、こちらにまわってこない！

いや、正確に言うと、「壺」だけはまわってきて、「自分の」が、まわってこないわけです。本当に重要なのは「自分の」の方なので、「壺」だけまわってきても、どうしようもありません。

ところが、目の前に「壺」が現われれば、

「むむ？　もしかしてもしかして、この壺の中に『自分の』が、隠されているのかもしれんぞ」

などと、ほくそ笑み、つい中を覗《のぞ》いてしまったりします。中は真っ暗。何も見えません。しかしそれだけに期待もふくらんで、

「もしかしてもしかして、ついに『自分の』を手に入れられるかもしれん」

だんだん、必死になります。

「これで、やっと夢がかなうぞ！」

目がぎらぎらとし、それが懐中電燈のように壺の中を照らし出します。

すると、中はからっぽ。なあんにもありません。

「しまった！」

と、気付いたときには、時すでにおそし。見事に「相手の思う壺」にはまっている、というのが現状なのです。

そこで、この商品。

一見、安物のどうってことない「壺」のようですが、これこそ世にも稀なる「自分の」〈思う壺〉であります。お値段もお安くしておきます。いい壺ですよ。中は真っ暗ですけどね、覗いてみてください。覗く前に、代金をいただいておきましょう。はい、どうぞ、中へ中へ、もっと奥の方へ……

商品番号・第11番

思う壺

Omoutsubo

〈思う壺〉などとはいっても、決して「壺」が何かを企んだりするわけではありません。「壺」はいつでも、ただの空っぽの「壺」であり、「壺」以外の何ものでもありません。「相手」であれ「自分」であれ、何かを企むのは、いつでも人間であることをお忘れなく。

捕らぬ狸の皮ジャンパー

とらぬたぬきのかわじゃんぱー

catalogue no.12

さて、〈捕らぬ狸の皮ジャンパー〉の登場です。

「なんだい、そりゃあ?」

と思われる方もいらっしゃるかもしれませんが、これがなかなかの逸品なのであります。

世の中には、何もかも「てっとり早く済ませたい」という人がいます。

「とにかくなんでもいいから人より早く手に入れたい」という人がいます。

春のうちに新しい冬のジャンパーを手に入れておきたい。いや、今年の冬だけじゃ物足りないから来年の冬のジャンパーまで手に入れたい。それも、なるべくすみやかに、さっさと済ませたい。じっくり探すのは面倒。時間がかかったりするのは駄目。もう、とにかくなんでもいいから早く早く早く早く……

――というような方にこそ、お勧めしたいのが、本品〈捕らぬ狸の皮ジャンパー〉であります。

なにしろ早いです。

まったくお待たせしません。

お客様が「欲しい」と思った瞬間、さっとお届けします。

「欲しいっ」

「はい、どうぞ」

これだけです。あっという間です。

しかも驚くべきことに、代金は一切いただきません。

「えっ、本当？　嘘でしょう？　そんなわけないでしょう？」

そうです。嘘です。そんなわけありません。しかし、これはその「そんなわけない」という気分までひっくるめて御購入いただく商品なのです。なにしろ、まだ捕まえていない狸の皮で作るジャンパーです。当然ながら商品そのものは、まだ、この世にございません。というより、この商品は永遠にこの世に現われない商品なのであります。

もし現われてしまったら、そのとたん、それは〈捕らぬ狸の皮ジャンパー〉という名を剝奪され、ただの〈革ジャンパー〉になってしまいます。ですから、この「ない」ものを「ある」ということにして販売し、もちろんお客様も「ある」と信じてお買い上げいただく。

ただ、これだけのことであります。

何の苦労もありません。

これぞ「ないもの、あります」の真骨頂。

どうか「詐欺」などと思わぬよう。むろん、代金はいただきません。

貴方は、ただひたすら、どこかの山で狸が捕まることだけを頭に描き続けて下さればよいのです。

商品番号・第12番

捕らぬ狸の皮ジャンパー

Toranutanuki no Kawajumper

しつこいようですが、商品は存在していません。上図はあくまでも「想像図」です。もちろん、別のジャンパーを想像して下さっても構いません。また、当然ながら、本商品では物理的な寒さをしのぐことは出来ません。しかし、ジャンパーの実在を固く信じ続ければ、わずかながらも心が暖まるかもしれません。

語り草《かたりぐさ》

catalogue no.13

　すでに御紹介いたしました〈先輩風〉なる商品の解説におきまして、「人は誰しも先輩になってゆく」ということを申し上げました。自分の意志や思惑とは無関係に、人は誰もが「先輩」になってゆく、と。

　そして、すべての「先輩」は、やがて「年輩」になってゆくわけです。「年輩」になると、人は残り少なくなった人生のことを考え始め、これが高じると、ついには自分が死んでから後のことまで考えこんだりするようになります。

この世からいなくなった後の「自分」のことを、です。

考えてみますと、「自分」はいなくなってしまっても、「この世」の方は、何ごともなかったかのように回り続けるわけです。

あたり前のことですが、いちおう何十年も「この世」の一員であり続けたものとしては、その後の「この世」のことが気になって当然であります。特にそれが、「自分」に関することであれば、なおさらのこと。

「自分」が死んだあと、「この世」における「自分」は、いったいどうなるのか？

いや、そもそも「自分」は「この世」に何を残せるのか？

何か人々の記憶に刻印されるようなことを成し遂げられるのか？

いや、そんな大げさなことでなくともよい。

「ああ、そんな人がいたねぇ……」

と、誰かにそっと思い返されるだけでいい。

「あの人はいい人だった」

そのひとことでいい。いや、この際、「いい人」なんて贅沢《ぜいたく》は言わない。

「あの人は、まあまあだったけど……」

それでもいい。

とにかく「この世」の話題にさえのぼればそれでいい。

しかし！　ああ、しかし。もしも、その「思い返してくれる人たち」が、ひとり残らず「この世」から消え去ってしまったら？　そのときは、いよいよ「自分」は「この世」とすっぱり縁が切れてしまう！　やっぱりノーベル賞のひとつもとらなければならないのか？　うーん、困ったぞ……

――というようなお悩みをお持ちの貴方、ここに御用意いたしましたスグレもの、〈語り草〉をお試しください。

一見、ただの小さな種ではありますが、いい土を選び、毎日欠かさず水をやりながら愛情こめて育てあげれば、必ずや立派な〈語り草〉に成長いたします。

ただし、「何ごともほどほどに」を、お忘れなく。〈語り草〉なるもの、育てすぎますと〈お笑い草〉に化けてしまうことが、しばしばであります。

商品番号・第13番

語り草

Katarigusa

現物は、目に見えぬほど小さい粒のようなものです。これと非常によく似た同種のものに「自尊心」「自意識過剰」といったものがありますが、いずれも大きく育て過ぎますと、ろくなことはありません。控えめにけなげな感じで育てますと、人の心に花を咲かせます。

鬼に金棒《おにかなぼう》

catalogue no.14

当商會が、「ないもの、あります」の看板を掲げてからというもの、さまざまな問い合わせをいただいております。

「あれは、ないのですか?」

「あの有名な〈ないもの〉は、在庫ありますか?」

あるいは、

「是非、今度は、○○○を販売してください」

などと、リクエストまで頂戴する次第。

その中で、ひときわ数多くの皆様から「是非とも欲しい」との御要望をいただいたのが、今回、万難を排して、なんとか入荷に成功いたしました〈鬼に金棒〉であります。

これまで、同系統の商品である〈猫に小判〉でありますとか、〈豚に真珠〉などといったものは、常時在庫が豊富で、容易に入手が可能だったのですが、この「鬼」に「金棒」の組み合わせばかりは、近年、激減してしまった「鬼」の入手が非常に困難であり、まずは滅多に実現できぬものでありました。

在庫の問い合わせに、

「金棒だけでしたら、在庫があるんですけどね……」と、お答えすると、

「そうですか……残念です。なんとしても、鬼と金棒と、両方とも手に入れて『どーんと来いっ。矢でも鉄砲でも持って来いっ』なんて言ってみたかったのですが……」

と、皆さん、非常にがっかりされるのです。

お気持ちは、お察しします。

この、いささか元気のない当世においては、なかなか「鬼に金棒だよ」などと軽々しくは申せません。実際に、本物の鬼と金棒とをセットで入手し、初めて確信を持ち、そう発言できるというものです。

ところで、この鬼というものにも、多種多様、いろいろなタイプがありまして、この〈鬼に金棒〉用の鬼は、なによりも、その「怖さ」がAランクでなければなりません。たとえば「泣いた赤鬼」などに金棒を持たせたところで、何ら効力がないことは説明するまでもありません。

その点から申しますと、今回、お届けできる鬼は、正直申しまして、やや力不足。いささか疲れが見られる鬼ではあります。ですから、当然ではありますが、かならず「鬼」と「金棒」とのセットでお買い上げ下さるようお願いいたします。

と、申しますのも、「鬼」だけですと、〈鬼に金棒〉どころか、「鬼は外！」などと、豆を投げられてしまうのがオチかもしれないからです。

「鬼の目にも涙」と言います。怪我などしたら、性能がぐんと落ちてしまいます。必ず金棒を持たせてやることを、お忘れなく。

商品番号・第14番

鬼に金棒

Oni ni Kanabou

意外に繊細です。常に「金棒」を持たせることを怠らないで下さい。「金棒」を持っていませんと、ただ単に「鬼」の面をかぶった、ふざけたおじさんと勘違いされることがあります。また、調子に乗って「矢でも鉄砲でも持ってこい」などと発言なさらぬよう。「鬼」は、「矢」にも「鉄砲」にも、かないません。

助け舟《たすけぶね》

catalogue no.15

今の世は「困難な時代」などといわれております。

何がどう困難なのでしょう?

どうやら、誰もそれに、的確な答えを出せぬほどに「困難な時代」のようです。

街ゆく人がこんなことを言っていました。

「私、もう携帯電話なしでは生きられません」

さて、いつから、そんな不便なことになってしまったのでしょう？

たかだか電話ひとつが、生死を分けるほどの時代になっているのです！

なんという困難な時代！

あまりに困難なので、「癒《いや》されたい」人が続出しています。そのためでしょうか、誰が頼んだわけでもないのに、

「癒してさしあげます。私はあなたを癒したいのです。お願いですから癒させてください」

などと、「癒し」の押し売りをする輩まで現われました。

この手の輩は、たいていの場合、他人を癒すふりをして自分自身を癒しているに過ぎません。なんだか、ちょっと迷惑なことにも思えますが、じつのところ、人は誰もが、多かれ少なかれ、そんなふうにして自分の「困難」を克服してきたのではないでしょうか？

自分の「困難」を癒すことが出来るのは、やはり自分だけなのです。

しかし！

それでも人は「誰か助けて！」と叫びたくなるときがあります。

「携帯電話をなくしてしまったんです。誰か助けて！」

「人を癒し過ぎて、ほとほと疲れました。誰か助けて！」

そんなとき！

この〈助け舟〉が、すみやかに救助に参ります。

「今日あたり、ちょっと危ないな」

というようなとき、
事前に予約をいただければ、電話一本で駆けつけます。

どんなにすさまじい人生の荒波でも乗り越えてゆきます。

ただし、なにぶん古い舟でありますから、かなりガタがきております。舟底には穴が少々、船体にはひびも走り、その上、船頭は年老いております。

一度乗り込んだら最後、いくら「助けて！」と叫んでも無駄です。

あなたが乗り込んでいるのは〈助け舟〉なのですから。

でも、大丈夫。

かならず救助いたします。かならず癒してさしあげます。

本当の本当です。

商品番号・第15番

助け舟

Tasukebune

御覧のとおり、ボロではあっても、意外に大きくて立派な船です。それゆえ、〈助け舟〉を出してもらったことを、他人にさとられてしまうと、「弱虫」と言われたり「負け犬」と言われたりしたあげく、なぜか嫉まれたりすることが多々あります。くれぐれも誰にも気付かれぬよう、こっそり乗り込みましょう。

無鉄砲《むてっぽう》

catalogue no.16

鉄砲です。

もちろん、危険です。

お子様にはお売りできません。

しかし、買い取りはいたしております。

というのも、この〈無鉄砲〉なるもの、じつは、子供が持ち合わせている場合が非常に多いのです。すべての子供が持っているというわけではありませんが、多くの子供が持っているはずです。

しかも、明らかに所持しているのに、自分ではそれに気付かないというのが、この商品の著しい特徴なのです。

これは、たいへん危険なことです。

もう一度申し上げますが、鉄砲なのです。いえ、もしかすると、鉄砲よりも恐ろしいもの……もしかすると、この世でいちばん恐ろしいものかもしれません。

たとえば、ただ単に鉄砲を手にしているのと、〈無鉄砲〉な感じで鉄砲を手にしているのでは、どちらが恐ろしいでしょうか？

考えるまでもありません。

こんなに恐ろしいものを子供たちの多くが持ち合わせているのです。

この商品と共通するテイストを持った商品に、もうひとつ〈ぶっきら棒〉というものがありますが、こちらはまったく人気がありません。たしかに、〈ぶっきら棒〉は、一見、武骨で素っ気無い商品なのですが、使い込んでみると、なかなか味わい深いものなのです。

しかし、売れません。

売れるのは〈無鉄砲〉ばかり。

なぜでしょう？

お求めになるお客様の声を聞いてみると、

「いやあ、この頃なんだか、妙に保守的になっちゃって、冒険ができなくて、つまらないっていうか……」

という具合です。どうやら「冒険」をするために〈無鉄砲〉を求めているようなのです。そして、ひとこと、

「こう見えて、子供のときは、〈無鉄砲〉なところもあったんだけどねぇ」

皆、そうおっしゃいます。

子供のときに持っていたはずなのに、さて、いったいどうして大人になると消えてなくなってしまうのでしょう？

不思議です。

そのうえ、人はなぜ危険を冒したいのでしょう？

それは、もっと不思議なことです。

商品番号・第16番

無鉄砲

Muteppou

どこからどう見ても、駄菓子屋で売っているおもちゃの鉄砲ですが、決してそうではありません。といって、もちろん本物の〈鉄砲〉でもありません。あしからず。なお、本物の〈鉄砲〉と〈無鉄砲〉とを同時に所持することは、子供であれ大人であれ、法律で固く禁じられています。くれぐれも御注意ください。

転ばぬ先の杖《ころばぬさきのつえ》

catalogue no.17

当商會には、さまざまな方よりのさまざまな問い合わせが絶えません。中でも特に多いのが「長生き関係」「失敗しない関係」の商品に関するものです。

「……あの、すみませんが、そちらには〈九死に一生を得る〉という商品は置いていますか？」

「〈渡る世間の鬼退治グッズ〉はありますか？」

「〈七転び八起き〉なんかはあるんでしょうか？」

たしかに当商會は「ないもの、あります」の看板を掲げているわけですから、このような御質問をいただいても致し方ありません。が、しかし、「ないものはない」

ということもあるのです。ついでに申し上げれば、当商會は「ことわざ・慣用句商會」ではありません。いったい〈九死に一生を得る〉とはいかなる商品なのでしょう？　当方としても興味深く思い、問い合わせをされた方に、逆に質問をしてみたところ、こんなお答えでした。

「九回までなら無茶なことをしても死なないという薬か何かです……ありませんかねぇ？」

ありません。ないものはない、のです。それに「九死に一生を得る」の意味だって違っています。もう一度、よく辞書をひいてから問い合わせして下さい！

それにしても、やはり人は「死にたくない」のです。少なくとも「九回くらいは命拾いをしたい」のです。しかし人は永遠の生を授かっていません。

こればかりは、そういうふうに決まっていることです。それだからこそ、人はより賢く生きようと思うのではないでしょうか？

とは言うものの、「死」はともかくとして、「失敗」ならば回避もできようというもの。そこで、この逸品、〈転ばぬ先の杖〉をお勧めするしだいであります。

まず、辞書をひいていただきましょう。

そうです、まさにそこに書いてあるとおり。これさえ手にしていれば、決して「転ぶ」ということがありません。場合によっては、この杖一本で「死」を免れることだってあるかもしれません。これこそ「九死に一生を得る」というものです。

ただし、この杖を使用する際の大事なポイントは「どんなことがあっても常にいつでもついている」ということです。

傘と同じです。

常にいつでも傘をさしていれば、人は決して雨になど濡れない。

そういうことです。

商品番号・第17番

転ばぬ先の杖

Korobanusaki no Tsue

まずは使用前に、本品の必要性についてよくよく考えて下さい。いったん使用を開始されましたら、途中でやめることは出来ません。人生と同じです。どんな時でも常に使用していただくことになります。これを少しでも怠りますと、「転倒」「すっころび」などの可能性が出てしまいます。重々ご注意下さい。

金字塔《きんじとう》

catalogue no.18

この世における究極の「ないもの」、それは「永遠」でありましょう。

これればかりは、「ないもの、あります」の看板を掲げる当商會といたしましても、手の施しようがありません。

しかし、そこに「言葉」がある以上、それはこの世のどこかに、きっと「ある」と信じてみたくなります。

もし、「この世」で、どうしても見つからないというのなら、「あの世」で見つけられるのかもしれません。

そういえば、「この世」で手に入れられなくとも、「あの世」に行ってからなら手に入れる機会に恵まれるものがあります。

それが、この〈金字塔〉です。

正確に申し上げますと、不滅の〈金字塔〉であります。

言う間でもなく、「不滅」と「永遠」は、ほとんど同義ですから、どうしても「永遠」に触れてみたいという方は、この〈金字塔〉を打ち立てることによって、その片鱗を感じていただくより他ありません。

ただし、まことに残念ながら、この塔は、「あの世」へ行ったあとに打ち立ててこそ、より明確な「不滅」が約束されるのです。

いえ、決して「この世」にいる間に、不滅の〈金字塔〉を打ち立てることが不可能であると言うのではありません。

ただ、いったん打ち立ててしまうと、その後の人生がたいへん窮屈なことになってしまうのです。

打ち立てたとたん、貴方は不滅の〈金字塔〉を必死で守ってゆくことになります。すべては、貴方ひとりの業績と品行にかかってくるわけですから、いい加減なことは一切できません。もちろん、誰かの助けを借りることもできません。なにしろ、いささか強引に手に入れた「不滅」なのでありますから、死ぬまで努力するしかないのです。

一方、貴方が「あの世」に行ってしまってから打ち立てられる〈金字塔〉は、貴方という人間が完結してしまったあとに認められるものでありますから、ぐっと気が楽です。ただし、品行方正なる人生を送ってきたと自信を持って言えない方には、お勧めできません。あとになってから、思わぬボロが出て、せっかくの不滅の〈金字塔〉に傷がつくおそれがあるからです。よくよく人生を振り返ってから御購入ください。

しかし、それにしても、なぜ、人は生きているあいだに「永遠」やら「不滅」やらを手に入れられないのでしょう？

おそらく、それらの言葉の実態は、ひとつの「予測」にしか過ぎず、本当に実在するのかどうかは誰にも確かめられないのです。

もちろん、だからこそ、手に入れたいのではありますが……

商品番号・第18番

金字塔

Kinjitou

決してお墓ではありません。銅像でもありません。もちろん「金」で出来た塔でもありませんし、本来はお金で買えるものではありません。いちおう「不滅」ですが、たいていの場合、小さな傷を隠し持っています。そこのところ、なんとかうまいことやって下さい。

目から落ちたうろこ

めからおちたうろこ

catalogue no.19

私たちは、時おり「いやぁ、目からうろこが落ちたぁ」と、口にすることがあります。たいていの場合、小さな感動とともに、なにやら晴れがましい面持ちで、「落ちたぁ」と、声がうわずります。

おそらく誰ひとりとして、ため息まじりに「ああ、なんということだ。たったいま、目からうろこが落ちてしまったよ」と、暗い声になることはないでしょう。

目からうろこが落ちる、ということは、何はともあれ、とりあえず、すがすがしいことであると思われているのです。

しかし、はたして本当にそうなのでしょうか？

そもそも、その「うろこ」なるものが、一体どのようなものであるのか、皆様、御存知でありましょうか？……

当商會が調査した限りでは、「目から落ちるうろこ」の基本的形態が、学校教育の場で教示された形跡はありませんし、これだけありとあらゆる書物が出版されているというのに、「うろこ」について論じられた研究書の一冊も存在していません。

しかし、そのわりに私たちは、実にしばしば「いやぁ、目からうろこが落ちた」と、知ったかぶりをし、無邪気に嬉々としています。

そこで今回、当商會が、ようやくにして仕入れてまいりましたのが、正真正銘、唯一無二なる「手にとって見る」ことができる「うろこ」なのであります。

次頁の図を、よおくご覧下さい。指先で、はらはらとしているのが、問題の「うろこ」であります。なんとも実に美しくはかないものであります。このように透明なる花弁の如きものが、私たちの目の中には、生まれながらにして、ひめられているのです。

が、この「うろこ」、決して無限に生成されるわけではありません。どうやら生まれもった数に限りがあるらしいのです。のみならず、いったん落ちた「うろこ」は、二度と再生いたしません。安易に「いやぁ、目からうろこが落ちたぁ」などと、くり返しておりますと、いずれは「うろこ」が尽きてしまうのです。

今回の商品は、その時のためのスペアとして、御用意したわけですが、大変に高価なものであります。ですから、まずは何よりも、皆様御自身お手持ちの「うろこ」を、一枚一枚、大切に落としていかれることを、お勧めいたします。

「目からうろこが落ちる」ような何事かを見知ることは、その代償として、あなたの中から、このように貴重ではかないものが「はらり」と落ちることでもあるのです。

商品番号・第19番

目から落ちたうろこ

Me kara Ochita Uroko

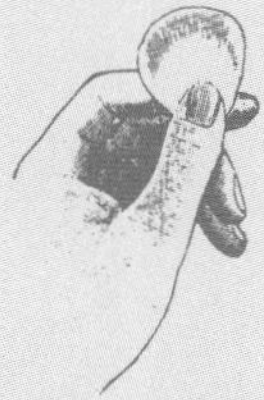

決してコンタクトレンズではありません。現物は無色で、きわめて透明度の高いものです。また、非常に傷つきやすく、こわれやすいので、落ちてしまったら、もうそれまでです。すみやかにあきらめて下さい。なお本品を装着することで、急激に純情な少年少女に戻ってしまうことも多々あります。御注意あれ。

おかんむり

catalogue no.20

人というもの、そうそういつもニコニコばかりは、していられません。時には怒りに身がふるえ、また時には不愉快なことやら不条理なことやらに、つむじを曲げたくなります。

すでに当商會は、そんな「怒れる人」たちのために〈堪忍袋の緒〉なるものを御紹介申し上げましたが、予想外に大変な反響があり、あっという間に売り切れてしまいました。そのあとも問い合わせが絶えず、

「ええと、先だって、そちらでいただいた〈緒〉のことなんですけどね、こないだ、ちょいとばかり我慢ならないことがあったもんですから、思いきりよくスパーンと切っちまったんでさぁ。でね、また新しいのが欲しいってわけなんですが……えっ？　売り切れ？　おいおい、そりゃ、ないよ。早いとこなんとかしてもらわないと、もう次の堪忍が、はちきれそうになっちまってんですから！」

と、気の短い方から、お怒りのお言葉などもいただいております。

そこで！

この度は、そのような「しょっちゅう怒っちゃう人」たちに、末長く御愛用いただくべく、まったく新しい商品を開発いたしました。

なんと、この商品は、〈緒〉のように、「切れてしまったらそれまで」という消耗品ではなく、一度御買い上げいただきましたら、一生涯、御使用いただける大変なすぐれもの。

名付けて、〈おかんむり〉と申します。

使用方法はいたって簡単。

ちょいと、「頭にくる」ことが発生いたしましたら、本品をうやうやしく取り出し、貴方の頭頂に載せていただくだけでＯＫ。

あとはただ黙っていればよいのです。

大きく構えていればよいのです。

大きな声など出さない。

暴れたりしない。

ただ、冷静に。

堂々と！

周囲の人々は、貴方の頭に燦然《さんぜん》と輝く本品を見ながら、

「……今日は、あの人、おかんむりだよ」

「……なるほど、相当な、おかんむりだ」

と、ささやき合い、静かにそっとしておいてくれるはずです。

そうして、ただひたすら静かに〈おかんむり〉を頭に載せているうち、しだいに心が穏やかになり、不思議にも、貴方の「怒り」はどこかへと消失してゆくのであります。

商品番号・第20番

おかんむり

Okanmuri

王冠に酷似しておりますが、決して王冠ではありません。したがって、本品を載せたまま、王様のようなふるまいをしておりますと、少々、格好よろしくありません。ひたすら冷静沈着なふるまいに徹すること。これが、本品をさわやかに使いこなす秘訣であります。

一筋縄《ひとすじなわ》

catalogue no.21

これもまた、じつに問い合わせの多い商品であります。

たとえば——

「……じつは今、ちょっと、にっちもさっちもいかない状態にありましてね、なんとか、こう……一筋縄で、ぐっと解決しないものかなぁ、と思いまして……ありませんかねぇ？　いい感じの〈一筋縄〉」

と、こんな具合です。

答えはイエスにしてノー。

いえ、たしかに当商會の商品カタログに、〈一筋縄〉という商品が掲載されていることは確かなのです。あるには、あるのです。

しかし、〈一筋縄〉で、「ぐっと解決」することなど出来ません。

「〈一筋縄〉ではいかない」

これが、正しい文法であります。

したがって、その商品もまた、当然ながら、

「ではいかない」

わけです。

いえ、確かにとても「いい縄」ではあります。誰がどこからどう見ても、何の不備もありません。そこには、「この縄さえあれば」という先行イメージが確実にあります。

しかし、そうは「いかない」わけです。

では、なぜ「いかない」のでしょう？

なぜ、「一筋縄でいく」という言葉は存在しないのでしょうか？

あれば、至極便利なのに。

……そう、そこなのです。

その「便利」というもの。これこそが曲者です。

「便利ならば、それでよいのか？」

この〈一筋縄〉という商品は、われわれに、そう問いかけているのではないでしょうか？

「たまには、あえて不便というものを愉しんでみよ」

そう言っているのではないでしょうか？

ですから、この〈一筋縄〉なるもの、徹底して不便に出来ています。確かに「一筋」なのですが、極端に短く、重く、固く、およそ縄としての存在理由が見つかりません。

この商品の利点は、貴方が〈一筋縄〉で、まとめ上げることのできなかったものの「大きさ」と「手ごわさ」とを、痛いほどはっきり示してくれることなのです。

すなわち、貴方の真の力を教えてくれる道具なのであります。

商品番号・第21番

一筋縄

Hitosujinawa

物理的には、永遠に何の役にも立ちません。びっくりするくらい重くて固い縄です。いやな臭いまで染みついています。しかし、この縄は、あなたの「便利のみを追求する気持ち」を、永遠に締め上げてくれます。にっちもさっちもいかなくなったとき、あえて、この縄を取り出し、おのれの無力さを味わいましょう。

冥途の土産

めいどのみやげ

catalogue no.22

この商品もまた、皆様からの問い合わせが絶えない品です。

問い合わせ・その1

「あの……冥途の土産ってよく耳にするんですが、あの……どんなものなんでしょうか？　そちらで扱っていらっしゃいます？」

問い合わせ・その2

「そろそろ冥途の土産を誂えておこうと思うのですが、実際のところ、どんなものがあるんでしょうか？」

　問い合わせ・その3
「冥途の土産というのは、つまり、冥途の特産品ということですか？」

　……なるほど〈冥途の土産〉と表記しますと、冗談ではありませんが「メイド・イン・冥途」の品かと思われても仕方ありません。しかし、〈冥途の土産〉というのは、問い合わせ・2の方が的確に把握されているように「こちらであらかじめ誂えておくもの」なのであります。正確に言えば「冥途へ、の土産」ということになるでしょうか。

　ですから、この土産ものは、当然ながら現世に於て準備しておかなければならないものです。

　ただ、そもそも〈冥途の土産〉は、自ら計画して準備したりするものではないのです。

「やれやれ、これで俺も〈冥途の土産〉が出来たってもんだよ」

　これが一般的な〈冥途の土産〉という言葉の使われ方です。

　この「出来た」に注目しましょう。

この「出来た」は、自らの「願い」が成就《じょうじゅ》したことによって得られるひと言なのですが、なるべく、思いもよらないかたちでもたらされ、当人の思惑と無関係に何かが成就されるほど価値が高まる傾向にあるのです。

「出来ちゃったよ」

このくらいのニュアンスの方が、ぐっと価値ある「土産もの」になるわけです。

思惑と陰謀にまみれた、

「ひひひ、出来たぞ出来たぞ、大した土産になりません。

というようなものは、大した土産になりません。

ですから、もっとも理想的なのは、他人に言われて気付くというもので、

「お前さんも、これで〈冥途の土産〉が出来たってもんだねぇ」

——このひと言が、最高級の〈冥途の土産〉をもたらしてくれるわけです。

問い合わせ・その4

「で、結局それって、いったいどんなものなんですか？」

……それは神のみぞ知るところです。

商品番号・第22番

冥途の土産

Meido no Miyage

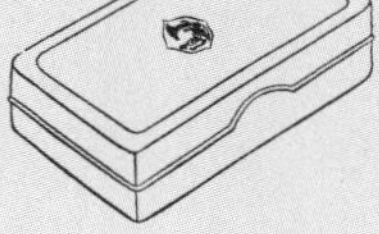

玉手箱です。決して、決して、絶対に「この世」で開けてはなりません。開けて中を覗いてしまったら最後、ぐっと価値が下がってしまいます。また、場合によっては、そのあまりに貧弱な内容にショックを受け、成仏できなくなってしまうことがあります。御注意。

腹時計《はらどけい》

catalogue no.23

さて、すでにご承知のとおり、人は皆、自らの腹のあたりにひとつの時計を持っております。

持っていらっしゃいますよね？

ちょっとお腹をさすってみてください。

そう、それです。その時計です。

この時計、その名を〈腹時計〉と申します。これが、じつにどうもなかなか正確な時計でありまして、昔は、朝・昼・晩の三回、確実に時を知らせてくれたものであります。

ところが昨今、どうも〈腹時計〉の調子がおかしいというようなことを、あちらこちらで耳にいたします。

理由はいたって明白。規則正しい、朝・昼・晩を無視し、夜ばかりに偏った日々を送ってしまうからです。

たしかに夜は愉しいです。

昼の光によってあばかれたものが、すべて闇によって覆い隠され、ただ星を見上げていればよいのですから。

しかし、夜ばかりを生き、夜の片隅でコンビニエントな飲食ばかりを摂取しておりますとたちまち腹が出てまいります。

腹が出てまいりますと、皮下脂肪が増大し、せっかくの〈腹時計〉が「ぐう」と音をたてても、まるで聞こえなくなります。

——以上はすべてデマカセでありますが、ときにデマカセは真実の始まりでもありましょう。

まずもって、人は規則正しく腹をすかせることが肝要であります。

朝・昼・晩と、三回、きちんと腹をすかせるのです。

腹というものはすかなくてはならないのです。というより、腹がすくことこそ、人に与えられた最大の試練なのです。

「腹さえすかなければ——」

もし、そうであったら、いったいこの世はどうなっていたでしょう?

腹が減っては戦は出来ぬ、と誰かが申しました。

しかし、事実はその逆であり、腹が減るから戦が起こるのであります。そして、戦の終わったあとには大変に腹が減るのであります。皮肉なことに腹を充たすための戦がもたらしたのは、前代未聞の空腹以外の何ものでもありませんでした。

この矛盾に眉をひそめつつ、しかしいままさに腹は「ぐう」と間抜けな音をたてるのであります。

商品番号・第23番

腹時計

Haradokei

本商品は時計ですが、この世の基準となる時間とは一切無縁です。きわめて個人的な時計であり、きわめて自分中心的な時計であります。しかるべき時が来ると「ぐう」と音がします。それは貴殿が健全である証拠であって、本商品を甘くみますと、必ずひどい仕打ちに合い、「ぐう」の音も出なくなります。

他人のふんどし

ひとのふんどし

catalogue no.24

じつを申しますと、この商品はあまり表立ってお奨め出来ないのです。
しかしながら、影のヒット商品とでも申しましょうか、常に御要望が絶えないのです。
良い商品ではあります。
いや、それはそれはもう大変に良い商品なのです。
誰もが羨む逸品であり、誰もが心中ひそかに手に入れたいと願っているものです。

しかしながら、当商會といたしましては、あまりお奨めしたくありません。率直に申し上げれば、このようなものはこの世から抹消してしまった方がよいのではないかとさえ考えます。

またその一方で、自分でも気付かぬうちにこの商品を手に入れて大いに活用している——このようなケースが数多く見受けられます。世はいつからかコピー&ペーストの時代となり、何もかもが引用のパッチワークによって繋ぎ合わされているのが現状です。

したがって、ここに御紹介いたします〈他人のふんどし〉は、わざわざ購入するまでもなく「勝手にどこからかもってきちゃった」人が沢山いるわけです。それがまたこの商品の特性であり、〈他人のふんどし〉を利用していることに本人はまったく気付いていないのが、どうにも困りものというか、いい加減にしろよ、と申しますか、おい、何もかも他人に頼らないで、少しは自分で考えろよ——なのでございます。

とまぁ、このように息巻くわたくしどもにしましても、知らず知らずのうちに、いや、明らかにおおっぴらにこの逸品を活用していたりするわけで、誰一人として他人の〈他人のふんどし〉を笑えないというのが、この商品の恐ろしいところであります。

さらに、もうひとつ、この商品の最大の特徴をお伝えしなければなりません。

それは、この商品は決して貴方のものにはならないということです。貴方がこの商品を見事に使いこなし、大いに愛着を覚え、あたかも自分の体の一部のように扱うことが出来たとしても、〈他人のふんどし〉は永遠に他人のものでしかありません。

もし、万が一、何かの間違いでそれが貴方のものになったとしても、それはもう〈他人のふんどし〉ではなく、ただのつまらない、誰からの注目を浴びることのない〈貴方のふんどし〉でしかありません。

これはまた大変に切ないことであります。

商品番号・第24番

他人のふんどし

Hito no Fundoshi

御覧のとおり下着です。しかもあくまで他人の下着であり、穿き古したものです。他人の体臭と垢にまみれております。気付かぬうちは非常に良い気分なのですが、それが〈他人のふんどし〉と知ったとたん大変に穿き心地が悪くなります。しかしながら、大変に優れたものであることに変わりはありません。

どさくさ

catalogue no.25

もし、貴方がしちめんどくさいことが嫌いで、きっちりしたことや、細かいチェックや、最終的なカタをつけるのが煩わしいのであれば、ぜひ、この商品をお試しください。

これは草であります。

ただし、貴方が「草」と聞いて頭の中に描かれる草とは、かなり規模が違います。

非常に丈が高いです。

異様なほど密生しています。

そして、草の形状が貴方によく似ています。いや、そっくりです。

形状だけではありません。

たとえば、貴方が青い服を着ていれば〈どさくさ〉も青くなり、赤い服を着ていれば赤に変色いたします。

貴方が笑えば〈どさくさ〉も笑い、貴方が移動すれば〈どさくさ〉も移動します。

言うまでもありませんが、この商品のポイントは貴方を「紛れさせる」ことです。鬱陶しいことや煩わしいことがあったとき、貴方は即座にこの〈どさくさ〉に紛れてしまえばよいのです。

あなたが「紛れたい」と決意した瞬間、数百本から数千本にのぼる〈どさくさ〉が貴方をカモフラージュしてくれます。分かりやすく申し上げれば、貴方そっくりの貴方のダミーがどこからともなく数百人から数千人現れて貴方を取り囲みます。

この人数については貴方の「鬱陶しさ」「しちめんどくささ」のレベルと、貴方に面倒なことを強いる人の権力のレベルおよび捜査能力を考慮した上で決定されます。すなわち、いまの貴方を紛れさすにふさわしい人数が選ばれるのです。

こうして、貴方に面倒なことを強いる誰かさんは、貴方のダミーによって貴方を見失います。すなわち、どれが本当の貴方であるか判断出来なくなります。木の葉を隠すのに最もふさわしい場所が森であるように、貴方を紛らすのに最もふさわしいのは貴方の大群です。

貴方を追い詰めようとする誰かさんは、貴方の大群を目にして面食らうことでしょう。いや、それればかりか、その大群の中から貴方を見つけ出すことが鬱陶しくなり、その誰かもまた〈どさくさ〉に紛れて逃げ出したくなるに違いありません。

そんな誰かさんにもぜひ。

商品番号・第25番

どさくさ

Dosakusa

この商品をお使いいただく際の注意点は貴方自身が貴方を見失ってしまうことです。「紛れる」という言葉の先には「紛失」という言葉が控えており、その先には「消失」「消滅」「消去」「死去」といった恐ろしい言葉が待ち構えております。どうか気を確かに持って貴方を見失わないよう御注意願います。

大風呂敷《おおぶろしき》

catalogue no.26

さて、まことに残念ながら、本品をもちまして、「ないもの」たちの御紹介を終了させていただくことになります。これにて、ひとまず店じまい。

「皆様、さようなら」と、言いかけましたところ、

「えっ？　終わり？　それは困りますよ……この先、どうやって『ないもの』を手に入れたらいいんですか？」

早くもお問い合わせをいただきました。

しかし、もともと「ないもの」を、「あります」と看板を掲げることで商売をしてきたわけですから、「あります」の看板を降ろす以上、やはり元のとおり「ないもの」は「ない」、ということになるわけです。

が、それではなんだか顧客の皆々様に申し訳がたちません。

そこで、最後にとっておきの逸品、すなわち、これひとつあれば、あらゆる「ないもの」を「あります」と言い続けられる究極の品を、御紹介することに致しました。

その名も〈大風呂敷〉。

じつを申しますと、当商會が明治の創業以来、本日まで滞りなく営んでこられましたのも、すべては、この〈大風呂敷〉のおかげなのであります。このやたらに大きな風呂敷を、誰よりも威勢よくパァーッと広げてしまうこと、これこそ商売が「うまくゆく秘訣・その１」なのであります。

とは言いましても、ただ広げてしまえばそれでいい、というものではありません。広げた以上は、かならず「中身」を見せること。そして、お客様にじゅうぶん喜んでいただいたら、なるべくすみやかに、さっと風呂敷をたたむこと。これが「うまくゆく秘訣・その2」であります。ここで注意しなければならないのが、この「たたむ」ということ。これが、どうにもなかなかうまくいかないものなのです。

なにしろ〈大風呂敷〉です。とてつもなく大きいわけです。そう……野球場がすっぽり隠れてしまうくらい……いや、飛行場のひとつやふたつ包めるか……いやいや、街がひとつ収まるくらい？……とにかく、なにしろもう大きいわけです。それを「あっ」という間にたたんで、胸のポケットか何かにしまい込まなければなりません。そこのところを粋にこなせなければ、結局は〈大風呂敷〉を広げたことにはならないのです。そう……「大馬鹿」を広げたことになってしまいます。

ですから、本品を購入されましたら、まず広げる前に「たたむ」練習を重ねること。これが肝要であります。広げてしまってからでは、もう遅いのです。ただ広げるだけなら誰でもできます。

まるで何ごともなかったかのように、さっとたたんで消え去ること。それが何よりの「秘訣」であります。

商品番号・第26番

大風呂敷

Ooburoshiki

とにかく大きいです。あまりに大きいので、広げたところを紙面でお見せすることができません。上の図は、たたんだ状態の原寸です。御覧のとおりの小ささですが、「ほんのひと握りの小さなものを、どのように広げてみせるか？」これが本品の醍醐味なのであります。

とりあえずビールでいいのか

―― 赤瀬川原平

とりあえず、といえばビールである。

とくに夕方はそうである。

夕方、ちょっとした小料理屋などに入って、とりあえず、といえばそれは必ずビールなのだ。

昼間でも、とりあえず、といえばビールのことがある。

必ずとはいえないにしても、お昼の時間にちょっとした小料理屋に入り、とりあえず、ということもある。

ただ昼間はちょっとした小料理屋というより、そば屋などが多い。

しかしそば屋も危ない。そば屋というのはそもそもとりあえず的であり、お昼ではない三時とか四時ごろ、ちょっと、とりあえず、とのれんをくぐってそばをちょこっと食べたりする。

堂々とした、押しも押されぬ昼食とか夕食というのではない。その中間の、隙間家具的なところで、とりあえず、盛りそば、となったりする。

それがストレートにそうなればいい。つまりそば屋に入って、とりあえず、そば、となればいいのだけど、そば屋にはそもそも、とりあえずの空気が充

TORIAEZUBEER
商
標
TORIAEZU BEER
YUJUFUD
AN&CO

満していのだから、昼間でも、そばの前に、ちょっと、とりあえず、ということになる。

もちろんビールである。とりあえずそば、の前の、とりあえずビールである。でもそうはいかないこともある。何人かでお昼のそば屋に入って、テーブルを囲み、さて、とメニューなど見ているうちに、その表情がだんだんとりあえずの気持でゆるんできて、目がちょっと輝いたりして、みんな目と目が合って、

「ちょっと……どうしますか……」

と言ったりする。主語がない。ないのに相手は、

「いいですねえ……」

と答えたりしている。

「ねえ」

「いや、やぶさかではないですよ……」

という具合に、なおも主語を避けながら、

「じゃあ、とりあえず……」

という具合に、いよいよ主語の登場する場面が整う。

というとき、一人だけ浮かぬ顔の人がいたりすることがある。その一人というのが編集者で、それもとくに固い出版社の、固い編集部の場合。いや編集部というのはだいたい軟らかいところが多いもので、だから例を変えて、相手が行政の、広報とか企画調整課とか、要するにお役所の人だったりする場合は、当然ながらそれはだめだから、

「いえ、昼は勤務中ですから……、でもどうぞ、召し上がって下さい……」

ということになり、主語がないのに通じてしまって、

「じゃあ……」

「まあ……」

「とりあえず……」

「ビール」

「二本ぐらい……」

という、主語が登場しての注文となるのである。

この例でもわかるように、この物品の場合、主語を避けるという傾向があ

る。慎重に主語を避けながら、いや別に慎重というわけではないが、何となく主語を避けながら、会話者どうし、ぐるーりとその周りを回りながら、少しずつその主語を浮き彫りにしていきながら、その場の暗黙の根回しがすんだ感じのところで、

「とりあえず……」

となる。まずは、とりあえず、である。その「とりあえず」が出たときには、それはもうビールなのである。

お札の世界で、火事などの事故で千円札などが破損した場合、その残りが三分の二あればちゃんとした一枚のお札と交換してくれる、という取り決めがある。

つまりお札というのはぎりぎり三分の二あればいいという理屈である。となると、あらかじめ三分の一を切り落しておいてもいいという理屈にもなり得る。そうするとお札のコンパクト化が出来る。つまりお札は三分の二で一枚分となるわけで、その先を考えるとその一枚分が破損した場合、その三分の二あれば一枚分と見なす理屈もあり得る。つまり三分の二の三分の二で、

〈とりあえずビール〉の商標は、
白黒はっきりしない、縞馬印。

ということはさらにその三分の二も可能であって……、という具合に、お札のコンパクト化がどんどん進んで、お札の実体がほとんどゼロに近づく。理論上は三分の二の無限小が残るとしても、実状としてお札はお札として通用しながらも、視界から消える。

それと同じで、ビールという主語を避けるようにしながら話が進み、とりあえず、といえばそれはビールをさすことになって、ビールという主語は消える。

かもしれないのであって、それならあらかじめ「とりあえず」という名のビールがあってもいいのではないか。そうすると仲間内の会話だけでなく、直接店の人に、

「すいません、とりあえず！」

といっただけで、ビールが出てくる。

会話が非常にコンパクトになる。しかもそれまでは、

「とりあえず……」

という点々の連なりにビールを含ませて引きずっていたのが、もっと単的に、

「とりあえず!」

とずばり一言。それで即ビール、ということになる。

即決である。主語なしでビールが出てくる。ほとんど超能力だ。

いや超能力は怪しいにしても、とりあえずというたんなる副詞に過ぎなかった言葉の権力が拡大して、いまではビールの全域を覆うところにまで広がっている。

出るところに出れば、つまり公の法の裁きを受けることになれば、とりあえずはビールではない、ただの助詞に過ぎぬ、と糾弾されてくしゅんとなる場面も想像できるが、しかし実際に「とりあえず」の言葉を冠したビールが発売されている現実を前にしては、取調官でさえも酒場で、

「とりあえず!」

の一言でビールが運ばれてきてしまうのである。残る道は憲法改正、いや文法改正しかないのではないか。

いやそこまで性急に考えることはなく、いまはとりあえず、ビール二本ぐらいでいいのであろう。

文庫版のためのあとがき

「ないもの、あります」は、最初に『月刊アドバタイジング』（株式会社・電通発行）1998年5月号より2000年3月号まで11回の連載が続き、そのあと掲載誌を変えまして、『ちくま』（筑摩書房）の2001年1月号から12月号まで連載されました。この全23回に加筆と書き下ろしを加えた単行本が上梓されたのが2001年12月です。この「あとがき」を書いている現在から振り返りますと、単行本は7年前、そして、最初の連載からはじつに10年が経っています。

この10年のあいだ、「ないもの、あります」は常に人気者でありました。沢山の読者に楽しんでいただきました。単行本は装幀もちょいと変わっておりましたので、そちらの方面においても人気者でありました。

また、「ないもの、あります」というフレーズは当商會のセールス・ポイント、キャッチ・コピーでもあり、この本はまさに看板娘とでもいうべき一冊であります。

文庫化にあたり、新たに3篇を加えました。蛇足のような気もいたしますが、この本が常に進化し、これから先も新たな商品が増えてゆくであろうことをお伝えするための蛇足です。じつは、この「蛇足」というのもひそかな新商品でありまして――いえ、それはまた次の機会に。

最後になりましたが、単行本化の際に素晴らしく愉しい締めの一文を寄せて下さった赤瀬川原平さん、7年目にしてふたたび感謝申し上げます。赤瀬川さんの文章を読んで育った者としては、このうえない光栄であります。

そして最後の最後に、この10年間、当商會の「番頭」と自ら称し、すさまじい風雨から常に当商會を守ってくださった松田哲夫さん。

この文庫は筑摩書房を離れた松田さんが、フリーの編集者としてつくる第1冊目であります。ありがとうございました。おかげさまで無事完成です。

そしてそして最後の最後の最後に――。

読者の皆様、ちょいと毒入りの辛口隠し味の本ではありますが、最後までお読みくださり感謝申し上げます。商會一同、礼。

この作品は、２００1年12月に筑摩書房から刊行された単行本『ないもの、あります』に、「腹時計」（『テーブルの上のファーブル』所収・２００4年5月刊行）と書き下ろし2編（「他人のふんどし」「どさくさ」）を増補したものです。

ちくま文庫

ないもの、あります

二〇〇九年二月 十 日 第 一 刷発行
二〇二五年九月二十日 第十二刷発行

著 者 クラフト・エヴィング商會（しょうかい）
発行者 増田健史
発行所 株式会社 筑摩書房
東京都台東区蔵前二―五―三 〒一一一―八七五五
電話番号 〇三―五六八七―二六〇一（代表）
装幀者 安野光雅
印刷所 錦明印刷株式会社
製本所 株式会社積信堂

ISBN978-4-480-42571-3 C0195